Vom

Überlebenskünstler

dem

Künstler.

P.

**Ersticken sollt ihr**
**in euren Käseglocken**
Peter Lukas

1. Auflage 1000 Bücher
ISBN 3-9500414-0-0
Gestaltung: Peter Lukas
Titelseite:Siegfried Krupitz
Titelfoto: Muh-Art, Göthebourg
Druck: Arch, Brünn

Als ich gebrochenen Herzens Kikka verließ,
schrieb ich Geschichten.
Nachdem ich an einer Grenzstation zwischen Alaska und Canada
von einem amerikanischen Zöllner verprügelt wurde,
schrieb ich Geschichten.
Während ich im Krieg in Jugoslawien als Clown
in den zerbombten Schulen für Kinder spielte,
schrieb ich wieder Geschichten.
Auch wenn mir langweilig war
schrieb ich Geschichten.
Als mich der Liebeskummer töten wollte,
weil Anuschka mich nicht mehr liebte,
schrieb ich eine Geschichte.
Nachdem eine Freundin in Tunis von vier Männern
vergewaltigt und ausgeraubt wurde,
schrieb ich Geschichten.
Als mein Bruder in Afrika fast an Typhus starb,
während ich in zehn Tagen elf Kilo wegen Malaria verlor,
schrieb ich Geschichten.
Als ein Freund in Schweden von vier Nazis verprügelt wurde
weil er Jude ist,
auch dann schrieb ich eine Geschichte.

Ich würde
weder Kindern
noch Plastikmenschen
empfehlen,
mein Buch zu lesen.

Sollten sie es
doch tun,
so hoffe ich
auf eine Revolution.

Ich male dir ein Bild.
Ich male dir ein Bild, mein Kind, in dicken Farben,in schönen, kräftigen Farben. Sie sollen kräftig leuchten, diese Farben, und alles überdecken, das nicht in dieses hübsche Bild paßt.
Blumen will ich dir in dieses Bild malen, schöne bunte Blumen, mit Farben so dick, daß sie alle dunklen Flecken überdecken, die sich hinter den Blumen bilden.
Woher diese dunklen Flecken kommen fragst du mich, mein liebes Kind? Nun, das sind Flecken, die die Menschen gemacht haben, aber die will ich dir nicht malen. Denke nicht mehr an die Flecken, ich überdecke sie mit schöner, bunter Farbe.
Auch die Sonne soll scheinen in diesem Bild, gemalt in hellen, kräftigen Farben, so hell wie man die Sonne heute schon gar nicht mehr sehen kann. Aber in meinem Bild soll dir die Sonne so kräftig scheinen, wie ich sie noch gesehen habe, als ich so alt war wie du. Wie meinst du? Ja, Ja, auch ich war einmal so klein und hübsch wie du, und ich lief herum, draußen auf den Wiesen und- ach war das schön, als es die noch gab, auch die Wiesen will ich dir malen in meinem Bild, alle Wiesen die es gab will ich dir malen, in schönem, saftigen Grün. Und die Bäume, und kleine Wolken, die wie Piraten durch die Meere des Himmels flogen, gejagt von Vögeln, die - Was sagst du? Ich phantasiere? Aber mein Kind, mein liebes Kind, ich will dir doch nur malen, wie es einmal war, als ich so klein und so hübsch war wie du. Das alles wollte ich dir in ein Bild malen, mein Kind, ganz klar habe ich es gesehen, aber jetzt ist es wieder weg, das Bild.

Dort hinter der Mauer wohnen die dünnen Männer. Sagt Papi.
Aber Mami sagt, die sind nicht alle dünn, aber es sind Menschen, die nicht ganz funktionieren. Sie sagt, manche seien nicht immun, oder andere haben die falschen Gedanken, die, die schlecht sind für uns. Und ich darf auch nicht dort sein, bei der Mauer, sagt die Mami. Aber wissen würde ich schon gerne, was falsche Gedanken sind.

37 Jahre ist er alt, der Leopold. Und seit 12 Jahren arbeitet er bei uns in der Fabrik, mit den Matratzen. Seit einiger Zeit darf er auch schon selbst das Fließband mit der automatischen Schneidevorrichtung bedienen, der Leopold. Aber meistens arbeitet er nach wie vor in der händischen Produktion. Immer einen Arbeitsgang tut er, der Leopold. Die eine Woche diesen, eine andere Woche einen anderen. Und jetzt, nachdem er 12 Jahre lang immer nur einen Teil vom Ganzen gemacht hatte, wurde es ihm zu wenig, dem Leopold. Darum hat sich der Leopold ein Modellschiff gekauft, das Große mit den 1272 verschiedenen Einzelteilen, und das will er bauen, der Leopold. Am Abend, statt dem Fernsehen. Oder nach dem Stammtisch, je nach Wochentag. Er will einfach nur das ganze Schiff bauen und sich dann ins Wohnzimmer stellen, unter das Bild vom Matterhorn, wo er vor sechs Jahren auf Urlaub war. Und er hat es auch geschafft, der Leopold. Er hat sein Schiff gebaut, und für Tage lief er glühend und glücklich herum und erzählte es seinen Arbeitskollegen. Aber dann wurde der Leopold stiller, in der Fabrik arbeitet er immer noch in kleinen Stücken, er kann kein ganzes schaffen. Es ist ja eine Fabrik und keine Werkstatt, sagt ihm sein Vorarbeiter, doch der Leopold will Ganzes schaffen. Er wird immer nachlässiger und unaufmerksamer bei der Arbeit, besonders beim Bespannen der Matratzen, bis er schließlich eine Kündigung bekommt. Nun sitzt er zu Hause, der Leopold, und er macht nicht einmal mehr Teilarbeiten. So lange hat er das gemacht, daß er einfach nichts anderes mehr tun kann. Sein Schiff, das er Boney M. nannte, nach einem Buch oder einem Film, je nachdem, hat er in einem Anflug von Kreativität und Kraftanstrengung gebaut, doch noch einmal brachte er es nicht fertig.
Und eine Arbeit fand er auch nicht mehr, der Leopold.

Jetzt lebt er von der Sozialfürsorge. Jeden Abend sitzt er zu Hause in seinem Wohnzimmer, und bei einem Glas Bier überlegt er sich, während er die Boney M. betrachtet, ob sie gut für ihn war weil sie ihn aufgerüttelt hatte oder ob sie ihn nur vom Fliegen träumen läßt ohne ihm je Flügel gegeben zu haben.
Wahrscheinlich mußte er zu dem Entschluß gekommen sein, daß Batteriehühner nie fliegen lernen, der Leopold, als er seine staubige Boney M. in die Arme nahm und mit ihr aus dem Fenster sprang.

Die meisten Träume dürfen nicht Wirklichkeit werden,
sonst werden sie zur Ent-täuschung.
Das heißt nicht, daß man nicht seine Wünsche
realisieren soll, man muß nur den Unterschied
zwischen Wunsch und Traum erkennen.

## Selbstgespräch

Mensch, der du von dir behauptest, das höchste aller Lebewesen zu sein!
Der du dich erdreistest, die Welt mit Linien und Zäunen zu zerschneiden.
Der du von dir behauptest, den Lebewesen, die mit dir diese Erde teilen, über zu sein.
Was tust du eigentlich in deiner dir selbst auferlegten Rolle als Herrscher dieser Erde?
Wer hat dir das Recht gegeben, den Lebensraum, der für alle bestimmt ist, auszubeuten und ihn für deinen Luxus schrill und geil zu mißbrauchen?
Welcher Wahn hat dich dazu getrieben, dich als unsterblich anzusehen?
Und hast du nicht durch diesen Irrtum den Fehler gemacht, zu glauben, in diesem Leben völlern zu können und eben dieses Leben als unwichtig, nebensächlich und selbstverständlich anzusehen?
Erkenne deinen Fehler!
Erkenne, daß du einer Pflanze nicht über bist, daß du ein Tier nicht beherrschen und dir die Welt nicht Untertan machen kannst.
Erkenne, daß du die Welt nach ihrer Zerstörung nicht wieder aufbauen kannst.
Und daß du dieses Leben lieben und genießen mußt, denn es ist das einzige, was du hast, und es kann dir durch irgend einen kleinen, dummen Zufall verloren gehen.
Nach deinem Tod wird dein Körper verfaulen, von Würmern gefressen und von Steinen zermahlen.
Deine Knochen zerfallen zu Dreck und vermischen sich mit der Erde.
Und dein Leib wird ebenso schmutzig und nutzlos, wie die Gedanken, die du in ihm herumgetragen hast.
Dein Geist, von dem du glaubst, er sei unsterblich,

schwirrt ins Nichts, stirbt mit deinem Körper und ist erloschen.
Darum verstehe, daß dein Leben nur einen Sinn hat, solange es existiert.
Denn nach deinem Tod ist dein Geist genausoviel wert wie dein Körper, umgeben von Dreck, Schmutz, Gewürm und Erde in der er sich schließlich auflöst wie ein Regentropfen im Meer.

Ein erfülltes Leben besteht aus vielen schönen Momenten.
Ein unerfülltes Leben besteht aus vielen Versuchen, schöne Momente zu verlängern.

Schade, denkt er, daß ich sie hasse.
Sie ist schön. Und sie ist lieb zu mir. Aber sie liebt mich nicht.
Schade, denkt er, als er abdrückt.

Ängstlich zittert der kleine Vogel in seinen Händen, Angst vor den großen, nackten Händen rinnt in seinen Augen. Und das große, nackthäutige Wesen, das den zerbrechlichen und doch so starken kleinen Vogel in seinen viel größeren und globig scheinenden Händen hält, bin ich.
Auch mir liegt das Gefühl der Angst schwer in den Adern den gefiederten Freund nicht zu verletzen. Angst, die Überlegenheit und die Liebe einfach zu mißbrauchen und zu zu drücken. Auch Mitleid spüre ich mit dem Wesen, das in den Wolken lebt und für welches Freiheit eine Selbstverständlichkeit ist. Jetzt ist es gefangen von einem tollpatschigen Erdbewohner. Und als mich die Liebe zu diesem alltäglichen Wunder durchflutet und ich rufen möchte "Nimm mich mit, kleiner Freund! Ich werde die nicht zur Last fallen.", da drücken meine Hände zusammen und ich weine, da der kleine Vogel nie wieder fliegen wird.

Es war mein Freund, über den sie hier sprachen. Er war mein Freund, trotz all der Erniedrigungen, die ich über mich ergehen lassen mußte, um seinen Ego zu befriedigen. Trotz der vielen Zeit, die ich opferte um seinen sinnlosen Fantasien zuzuhören. Er war der einzige Freund, der immer für mich Zeit hatte, auch wenn er eigentlich gar keine hatte. Und jetzt, da sie über den Irren redeten, der sich an der Kirchturmspitze erhängt hatte, schämte ich mich dafür, sein Freund gewesen zu sein. Ich stehe nicht auf, um den Kampfgenossen, deren Schlachtfeld der Stammtisch ist, zu sagen, daß er noch mehr Leben in seinem toten Körper hat als sie alle zusammen es je haben werden. Ich stehe auf, um auf dem Klo über meine eigene Feigheit zu kotzen.

Richard Haberer war ein aufgeweckter, intelligenter Bursche und für seine siebzehn Jahre von ungeheurem Wissensdrang. Er studierte, erdachte und erträumte wovon andere sich nicht zu träumen trauten. Auf der Suche nach Wissen kannte er weder Ge- noch Verbote und Tabus ignorierte er. Er las in Büchern, die verstaubt in den letzten Ecken der Bibliothek lagen und er verstand die Kunst des Träumens. Er konnte stundenlang sitzen und sich an Dingen erfreuen, die andere nicht sahen. In seinen Träumen tat er Dinge, die er sonst nicht konnte.
Eine Nacht hatte diesen Traum, in dem er auf unsichtbaren Treppen ging, sie führten wie ein Labyrinth kreuz und quer durch die Luft, und obwohl er die Stiegen nicht sehen konnte wanderte er trittsicher auf ihnen herum, jeder Schritt den er tat brachte ihn höher hinauf und mit jeder Stufe die er bestieg wußte er, wohin er seinen nächsten Schritt lenken mußte um nicht ins Leere zu steigen und abzustürzen. Und es gefiel ihm so gut, daß er jemandem zeigen wollte wo er war und was er tat. So rief er Marie, die Tochter des Bäckers, in seinen Traum um ihr, die er so sehr anbetete, zu zeigen wie er durch die Lüfte stieg. Und als sie kam schaute sie ängstlich zu ihm hinauf und rief:"Richard, lieber Richard! Ich bitte dich, steige da herunter! Ich habe Angst. Du wirst noch abstürzen!"
Durch ihre Angst beflügelt wollte er ihr zeigen wie sicher er sich hier oben bewegen konnte und trippelte übermütig auf den unsichtbaren Stufen auf und ab. Er rief ihr zu "Komm herauf zu mir, Marie! Es ist herrlich hier, sieh dir die Welt von oben an!"
Unsicher stand da die Marie und biß an ihrer Lippe und wußte nicht, was sie tun sollte. Abermals rief Richard:"Komm! Wenn du mich lieb hast, sieh dir die Welt mit mir von hier oben an!" Doch Marie sah die Treppen nicht, auf denen er so sicher herum lief und er

sagte ihr, wo der Anfang der Stiegen war. Mit Tränen in den Augen stieg sie auf die erste Stufe, unsicher und tastend, Richards Anweisungen folgend machte sie den nächsten Schritt, und den nächsten, so lange bis sie schon fast so hoch war wie ihr Freund. Nur noch wenige Schritte trennten sie. Da brach die Angst in ihr durch, sie schrie leise auf und sprang auf Richard zu, verfehlte die Stufen und stürzte in die Tiefe.
Entsetzt starrte er ihr nach wie sie fiel und fiel und noch bevor sie auf dem Boden aufschlug erwachte er.
Sofort zog er sich an und lief zum Haus des Bäckers um der geliebten Marie weinend in die Arme zu fallen.
Doch als er dort ankam, hörte er schon von außen das Weinen und Schreien aus dem Haus.
Und ohne es zu betreten wußte er was geschehen war, daß er das Mädchen in den Tod getrieben hatte.
Und so, wie er da stand fand man ihn, die Augen starr offen und den Mund leicht hängend, und in all den Jahren, die er noch lebte änderte sich sein Gesichtsausdruck nicht mehr.
Als seine Eltern starben kam er in ein Pflegeheim wo man ihn bald sterben ließ.
Und niemand hat je erfahren was mit ihm geschehen war in der Nacht, in der er lernte seine Träume zu lenken.

Die Gemälde im Kopf sind tot!
Und meine Geschichten leben schon lange nicht mehr.
Alles, was ich mein Leben lang zusammengetragen und -gestohlen habe, um es in meinem Kopf aufzubewahren, versteckt sich seit langem unter einem schweren Filzvorhang. Meine Geschichten sehe ich langsam aber unaufhaltsam sterben, meine Musik ist versiegt, und was meine Augen sahen ist jetzt ein stumpfer grauer Abdruck in kaputten Bildern meines Kopfes. Alle Farben mischen sich zu einem unscheinbaren Grau, alle Töne werden zu einem tiefen, rhythmischen Dröhnen, und meine Gefühle zerschmelzen zu Trauer.
Ich bin nicht mehr, ich existiere nicht.
Sollte ich es je wieder tun, so bin es nicht mehr ich, dann bin ich neu und anders.
Ich hoffe es.

Ich habe meine Flügel verloren!
Immer konnte ich auf gefrorenem Schnee gehen ohne einzusinken.
Aber jetzt breche ich ein wie alle Menschen.
Zeit beschneidet Flügel, Alter tötet Unschuld.

Ich habe mir ein Spiel ausgedacht: Ich spiele Gott, mit meinen Kindern. Nun, das ganze beginnt mit dem Zeugungsakt. Ich verkleide mich als Engel, oder noch besser als Erzengel, und schenke diesen kleinen Kreaturen das Leben, auf das hin sie mir zu ewiger Dankbarkeit verpflichtet sind. Und sie können bei mir leben wie im Paradies, solange sie keine Worte von sich geben, die ich ihnen nicht vorgesagt habe. Ich lasse sie ausziehen, um ihren Klassenkameraden die Zähne einzuschlagen, in meinem Namen, um diesen Nichtswissern einzutrichtern, daß ich ein besserer Vater bin als die anderen. Vor jedem Essen fallen meine Kinder auf die Knie vor mir und danken mir dafür, daß ich ihre Mutter geschwängert habe und sie ihr Abendessen essen lasse. Vor dem Abendessen müssen sie mich immer anflehen, daß ich sie nicht schlagen soll oder daß ich ihnen nicht die Hand abhacken soll weil ich es für richtig empfinde. Es wäre aber auch nicht so schlimm, denn sie wissen ja, daß ich das alles nur tue, weil ich mehr weiß als sie und sie vertrauen darauf, daß ich das beste für sie tue. Und schön langsam glaube ich es auch.

Ich lebe in der Gegenwart und hoffe, daß ich nicht mehr leben werde, wenn die Zukunft kommt um mich zu holen.

Warum wird das Gras nicht gelb, wenn du gehst?

Und warum bleiben die Blätter auf den Bäumen,
wenn du nicht bei mir bist?

Warum geht der Mond nicht auf,
wenn wir uns lieben?

Auch du, mein Schatz, bist nur ein Mensch!

Ich liebe dich.

Wie unlieb sie mir doch ist, deine Liebe.
Sie ist ein Platz für mich in deinem Herzen.
In einem Herzen.
Ein Platz, den ich nicht mag,
ein schleimiger Platz in dem ich ersticke.
Wie ein gebrauchter Putzlappen,
stinkend und naß
hängt deine schleimige Liebe an mir
klebt fest,
drängt, rinnt und windet sich
in alle meine Poren,
in mein Gesicht, meine Haare,
verklebt sich zwischen meinen Fingern.
Und je mehr du dich erniedrigst
um so feuchter wird der Schleim,
rinnt noch tiefer, tropft ab, läßt mich kotzen.
Dein Körper umschließt mich,
schließt mich ein wie ein schwitzendes Gefängnis,
aus dessen Mauern die Kloake rinnt
und mich ableckt.
Wie unlieb sie mir ist, deine schmutzige Liebe.
Ich wünschte,
es wäre frischer, erleichternder Haß.

## Markus in der Käseglocke

Markus sitzt in seiner Käseglocke und sieht Leute an sich vorbeigehen. Sie sehen durch ihn durch als ob sie sich nicht darum kümmerten, daß er in seiner Käseglocke sitzt.
Markus war daran gewöhnt. Sein Leben hatte er unter seiner Käseglocke verbracht. Manchmal dachte er, daß die anderen Menschen wahrscheinlich auch alle unter Käseglocken leben, und er haßt Käseglocken, ihre wie seine.
Er versucht die Menschen anzubrüllen, doch sie hören ihn nicht. Er sieht, wie sie alles um ihn herum kaputt machen, doch sie können ihn nicht hören, sie sind alle in Käseglocken. Er rannte gegen seine Käseglocke, bis sein Kopf weh tat und er schlug sie, bis seine Knöchel bluteten. Er brüllte gegen sie, bis er heiser war, doch es war alles sinnlos.
So sinnlos, daß er sich eines Abends das Gehirn aus dem Schädel schoß. Die Leute sahen das, denn die blutige Kugel hatte seine Käseglocke zersprengt. Sie sagten:"Mein Gott, was ist denn auf einmal in den armen Jungen gefahren?" Und dann gingen sie wieder ihres Weges, alle in ihren Käseglocken.
Darin waren einige ruhig, einige glücklich und einige laut. Doch heraußen war es friedlich und leise. Und die wenigen, die es schafften, den Frieden zu stören, taten es nicht lange.

Ich lebe auf meinem Misthaufen, um ihn zu beschützen.
Ich beschütze meinen Misthaufen, um auf ihm zu leben.
Das ist der Sinn meines Lebens.

Eines Tages wachte Larry auf. Er erwachte aus einem Traum in dem er auf der Suche nach der mächtigsten Gewalt der Welt war. Und jetzt, da er wach war, machte er sich auf die Suche. Er ging hinaus auf die Straße und fragte einen Buben:"Wer oder was ist das Mächtigste auf dieser Welt?" Der Junge überlegte einen Augenblick und sagte dann:"Mein Vater, der Hufschmied! Nichts kann seiner Kraft widerstehen." So ging Larry zum Hufschmied und meinte:"Hufschmied, guter Mann! Ich höre ihr seid der Mächtigste auf dieser Welt. Gibt es etwas, dessen Willen ihr euch beugen müßt?" Da lachte der Boss des Hufschmiedes über seine Schulter und sagte:"Na, da kannst du schon einmal mit meinem Willen anfangen." Gerade als Larry seine Frage an den Chef des Hufschmiedes richten wollte, kam der Bürgermeister in die Werkstatt und der Hufschmied wie dessen Chef verbeugten sich, und der Chef fragte, was er die Ehre habe machen zu dürfen. "Also das ist der Mächtige!", dachte Larry und folgte dem Bürgermeister als er die Werkstatt verließ. Als der Bürgermeister seine Amtsräume betrat wollte Larry ihm folgen, doch die Wachen am Tor hielten ihn auf und fragten ihn nach seinem Begehr. Als Larry erklärte, warum er hier sei, lachten die Wachen und sagten:"Der Bürgermeister tut nur, was der Präsident des Landes von ihm will. An den mußt Du dich also wenden."

Als Larry beim Haus des Präsidenten ankam, war es bereits Abend. Larry klopfte an die Tür und als man ihn dem Präsidenten vorführte, erklärte ihm Larry den Grund seines Besuches. Geschmeichelt von dem Gedanken, der mächtigste Mann der Welt zu sein, lud er Larry ein, zum Abendessen zu bleiben und die Nacht im Haus zu verbringen. Glücklich nahm Larry die Einladung an, denn er war müde und hungrig von einem langen Tag, den er mit der Suche nach der

mächtigsten Gewalt der Welt verbrachte.
Doch als er bereits glaubte, am Ziel seiner Suche zu sein, fand er heraus, daß der Präsident bei weitem nicht so viel Macht hatte wie seine Frau, die ihn herumkommandierte wie ein General seine Soldaten.
Als Larry sie fragte, ob sie denn die Mächtigste sei, lächelte sie freundlich und sagte:"Larry, nichts auf dieser Welt oder sonst wo ist mächtiger als der allmächtige Gott." Das flößte Larry mächtigen Respekt ein und am nächsten Tag machte er sich auf die Suche nach Gott. Doch als er eine Kirche betrat und mit einem Priester sprach, fand er heraus, daß Gottes Kinder sich vor dem Teufel fürchteten wie die Hühner vor dem Fuchs. Nun- der Teufel muß dann noch mächtiger sein als der Gott, dachte Larry und wanderte gedankenversunken durch die Straßen. Dann sprach er mit der Blumenverkäuferin, dem Greißler, einigen Leuten auf der Straße, doch niemand und nichts schien mächtiger als der Teufel zu sein.
Bis er an einen kleinen Jungen gerät, der meinte:"Der Teufel? Ha, der Kerl kann einem reinen Herzen wie meinem nichts anhaben."
Er war ein aufgeweckter kleiner Straßenjunge, der davon lebte Erwachsenen die Schuhe zu putzen. Vater und Boss hatte er keinen, und die Frage mit Gott beantwortete er zögernd:"Ich habe es ausprobiert. Wenn ich eine kleine Sünde auf der Seite begehe, merkt es niemand. Und Gott hat es auch nicht gemerkt, ich habe keine Strafe bekommen. Also wenn ein kleiner Straßenjunge wie ich ihn austrixen kann, dann kann der gute Mann nicht so mächtig sein, wie die Leute ihn gerne hätten. Vielleicht gibt es ihn auch gar nicht."
Jetzt war Larry endgültig davon überzeugt, daß der kleine Junge die Macht war, die er suchte. Doch als er sah, daß der Junge Dienste für Geld verrichtete,

dachte Larry, Geld wäre noch mächtiger.
Jetzt wurde er verwirrt, all die Dinge, die er in den letzten Tagen erlebt hatte gingen ihm durch den Kopf und jetzt war er an dem Punkt angelangt wo er dachte, Geld wäre die mächtigste Gewalt auf der Welt. Das ergab so wenig Sinn, daß Larry dachte, er sollte besser die Ereignisse der letzten Tage vergessen und weiterleben wie bisher.
Er nimmt Dummheit in Kauf und aus Bequemlichkeit und vielleicht auch Feigheit tut er nichts dagegen.
Genau so tun es die meisten von uns.

Dort draußen sitzen sie, klein und grauschwarz. Sie brüllen schrill, ihr Gekicher und Geschrei macht mich verrückt. Irgendwann.
Wieder eine Nacht, die ich ohne Schlaf verbringen werde. Sie warten auf mich, doch meine Tür ist verriegelt, und gegen die geschlossenen Fenster drücken sie ihre häßlichen Fratzen, lecken an der Fensterscheibe und lachen darüber. Eben hat einer einem anderen ein Stück aus dem Hals gebissen, und der stach dem ersten dafür mit seinen scharfen Krallen die Augen aus. Die anderen um sie herum lachen hämisch darüber. Und sie alle warten nur darauf, mich zu erwischen und zu quälen. Doch im Morgengrauen verschwinden sie wieder, vergraben sich im Dreck, kriechen in die Kanäle und verstecken sich an anderen Plätzen um in der nächsten Nacht zurückzukommen und mein Haus zu belagern. Und mich zu bestrafen.
Wenn ich nur gewußt hätte, daß meine verstorbene Frau eine Hexe war, hätte ich die Sache mit dem Fön in der Badewanne lieber unterlassen.

Die größte Gefahr in meinem Kopf sind die Gedanken. Die, die denken wollen aber kein Futter haben, die fliegen wollen, aber zu schwach sind. Sobald sie stark genug sind, werden sie sich an mir dafür rächen, was ich ihnen angetan habe.

Natürlich widerspreche ich mir immer und immer
wieder, denn ich lerne ja immer neue Sachen!

Ich bin ein Sadist, der zärtlich liebt. Und ein Masochist, der sich nicht weh tun läßt. Und ein Necrophelist, dessen Opfer noch leben. Außerdem bin ich eine Lesbe mit einem Schwanz. Soviel über mein Sexualleben.

351 ist aggressiv. Besonders heute. Die Sonne scheint seit fünf Uhr früh in seine Zelle und läßt ihn nicht schlafen, obwohl ihn seiner neuer Zellengenosse ohnehin die halbe Nacht Schlaf gekostet hat. 351 denkt daran, daß er ein armes Schwein ist und den Rest seines Lebens damit verbringen wird, zu bespitzeln, um den Aufsehern zu gefallen. Auf der anderen Seite kassiert er bei den Mithäftlingen, um sie nicht zu verpfeifen. Bezahlt wird in Medikamenten, bar oder in Liebesdienst. 351 muß dann aber wieder den Wärter bestechen, den Schuldner für die Nacht in seine Zelle zu verlegen. So wie letzte Nacht. 351 tut sich selbst leid. Er wird von den Wärtern als Häftling und von den Häftlingen als Spitzel verachtet. Und bevor ihn die Tränen seines Selbstmitleides packen können, weckt er den Jungen mit einem schmerzhaften Tritt in den Rücken und setzt sein ewiges, verkrampftes Grinsen auf.

Frei sein kann jeder. Es ist das einfachste der Welt, einfach alles, alles zu tun was man will. Kunst ist allerdings, seine Freiheit überlegt und kreativ zu nutzen, um mit ihr vorwärts zu kommen anstatt in ihr zu ertrinken.

.....................................

.

Der Punkt ist frei!

Und was hat er davon?

Alles dürfen sie mit mir anstellen, nur bitte, bitte nicht finden, bevor die zwei Stunden um sind. So schön hatte er sich eingerichtet, mit Rachmaninov auf dem Plattenteller, die Bilder seiner Geschwister und seiner Eltern auf den Fotos vor sich, auch die von Walldorf, seinem Schäferhund, der jetzt schon lange tot ist.
Und den Tabletten. Zwei volle Packungen Schlaftabletten, die sich langsam in seine Blutbahn mischen, um den Körper im eigenen Lebenssaft zu ersticken. Die Formulierung gefiel ihm, eigentlich sollte er sie aufschreiben, aber dann wurde er plötzlich wieder ernst und bedachte, daß diese Notizen ja doch nur als Schmierereien eines Irren, eines Selbstmörders gelten werden, der mit der Welt nicht zurecht kam. Und eigentlich hatten sie auch recht, er war ein Selbstmörder, der ...
Sinnlos, sich jetzt noch zu quälen, in zwei Stunden ist alles vorbei, kein Schmerz mehr, keine Kälte und keine Hitze. Nur mehr sein Körper wird von ihm übrig bleiben. An ein Leben nach dem Tod glaubt er schon lange nicht mehr. Nur finden, bitte finden dürfen sie ihn nicht. Er fleht sie in Gedanken so inbrünstig an, ihn doch in Ruhe den von ihm gewählten Weg gehen zu lassen.
Außerdem glaubt er, daß ....
Als er erwachte, erschrak er fürchterlich, sein Magen krampfte sich zusammen, bis er so klein wie eine braune, schrumpelige Walnuß wurde die ihm glühend im Leib lag.
Er lebte.
Und seine Familie stand um das Bett herum, aufgereiht wie eine Reihe von Krähen vor einem frisch gesäten Feld. Als er in ihre bemitleidenden Augen sah, das mild-bittere Gesicht seines Vaters und das vom Weinen verschwollene Gesicht seiner Mutter, da wußte er es, er fühlte es und es bedeutete ihm nichts

mehr: Er versuchte seinem Körper das Leben zu nehmen. Er versagte.
Seine Familie hat soeben ihm das Leben genommen. Sie versagten nicht.

Ich bin, wie ich denke.
Ich denke, weil ich bin.
Also bin ich wie ich bin weil ich bin.

Einst lebte ein Jude, sein Name war Jonatan, und er war der fixen Überzeugung sein Volk erlösen zu müssen. Er glaubte, oder vielleicht wußte er, daß er der neue Messias war. Die gläubigen Brüder seines Volkes mieden ihn ob solchen Frevels und Jonatan wurde unglücklich und begann am Erfolg seiner Mission zu zweifeln. So ging er in die Wüste um zu seinem Vater zu sprechen. Er wurde nie wieder gesehen.
Ob die Ameisen sich an seinem Leib erfreuten oder ob Gott, sein Vater, ihn zurück holte, weil sein Volk seiner nicht würdig war wird wohl nie jemand erfahren.
Wenn Jesus nicht aus der Wüste zurückgekommen wäre, hätten wir heute keinen Papst.

Die meisten Menschen sind Idioten.
Sie werden geboren, essen, wachsen auf und essen weiter um irgendwann zu sterben. Es interessiert sie nicht wozu das Ganze, und sie verschwenden keine Zeit, darüber oder über sonst irgendetwas nachzudenken.
Und dann gibt es einige wenige, die sich den Kopf zerbrechen, studieren und analysieren, suchen und denken.
Und das sind noch viel größere Idioten.

Das Leben ist ein kurzer und bunter Moment des
Spielens im Laufe der Dinge.
Und ich bin, wie du und der Wal ein kurzer und bunter
Moment des Spielens im Laufe des Lebens.
Ich war nicht zuvor, ich werde nicht sein danach und
ich bin kaum dazwischen.

Ich möchte einen Nebel bauen, Tropfen für Tropfen aufbauen, bis er groß genug ist, um meinen Kopf hineinzustecken. Wenn mein Schädel darin steckt, baue ich den Nebel zu und schicke meinen Körper weg, lasse ihn allein durch die Straßen laufen, bis mein Kopf sich freigebissen hat. Nachdem sie sich wieder gefunden haben, streiten sich Geist und Körper solange, bis ich dem Kopf wieder einen Nebel baue.

Wenn es wirklich Gott und Teufel gibt, so hat der Teufel die Kirchen erbaut. Es ist so typisch für das Böse zu sehen, wie all die Heuchler in den Kirchen mit aller Kraft versuchen, Gott in den Arsch zu kriechen und in Wirklichkeit das Böse huldigen. Und da das Gute meist dämlich ist, steht es vor der Tür und weiß sich nicht zu helfen.

Eines haben Reiche und Arme in Bezug auf Geld gemeinsam: Beiden gehört kein Geld, beide gehören dem Geld.
Du besitzt kein Geld, Geld besitzt dich!
Sklave.

Es kann keinen Frieden unter Menschen geben. Solange es Staaten, sprich Systeme gibt, basieren sie auf Gewalt (Macht), sonst könnten sie nicht existieren. Und ohne Staatssysteme wären Menschen untereinander im Kampf. Um das Recht des Stärkeren. Also wozu Pazifist sein?
Ignorant oder Träumer!

Jeder Beamte, der für die Staatsgewalt arbeitet, ist ein Staatsgewalttäter.

Es ist finster hier in den Straßen. Und feucht kalt. So kalt wie die Menschen. Aber sie wollen mich nur deshalb nicht, weil sie mich nicht verstehen können. So wie diese alte Frau, die da eben an mir vorbeiging. Sie schaute mich aus den Augenwinkeln an, als ob sie Angst hätte. Hat wahrscheinlich zuviel ferngesehen, die Alte. Als ob ich ihr gefährlich werden könnte. Sie geht an mir vorbei, fürchtet sich und geht trotzdem ihren Weg durch die dunklen Straßen. Dumm, ja stumpfsinnig und dumm ist sie, und nutzlos. Wo kann sie um diese Zeit hinwollen, was kann ein Mensch wie sie überhaupt wollen? Ohne eigentliches Ziel drehe ich mich um und gehe in die selbe Richtung wie sie. Dort vorne geht sie, man könnte fast sagen torkelt sie die Straße entlang und vergeudet unnötig Luft mit ihrem Atem, verbraucht Energie, die sie aus dem Essen saugt wie ein Parasit. Sie hat keine Ahnung, daß sie beobachtet wird. Eigentlich tue ich das auch gar nicht, ich gehe nur meinen Weg. Meinen Weg, als ob ich ihn gepachtet hätte. Dieser Gedanke erinnert mich an Frau Rohr, meine Vermieterin. Auch so ein nutzloses Lebewesen, das glaubt etwas besonderes zu sein nur weil sie ein Mensch ist. So ganz in Gedanken bin ich immer näher auf die Alte aufgerückt. Das merke ich erst jetzt, wo sie sich im Gehen umdreht. Mit einer eigenartigen Bewegung, irgendwie hinterlistig, gemein: hinterlistig und boshaft. Aber jetzt, wo sie mich gesehen hat, geht sie wieder schneller. Sie bildet sich wohl ein, sie könne mir davonlaufen, wenn ich sie erwischen wollte? Ich glaube, sie tut das mit Absicht, sie will mich reizen- ja, das ist ja wieder direkt eine Aufforderung. Diese Alte läuft herum mit einem Gehabe als wolle sie ausrufen: Komm, du Idiot! Siehst du nicht, daß ich schon auf dich warte? Soll ich dir vielleicht eine schriftliche Einladung schicken?
Wie ich sie an der Schulter packe und umdrehe, fängt

sie an zu schreien. Ich glaube, sie hält mich für blöd! Zuerst bittet sie mich fast um etwas Zuneigung und jetzt würde sie mir am liebsten einen Hund aufhetztten, wenn sie einen hätte. Aber ich muß verstehen, das ist ein Teil des Spielchens, das sie mit mir spielt. Sie soll es nur nicht zu bunt treiben. Ich halte ihr den Mund zu während ich sie durch eine Toreinfahrt in einen Hof schleppe. Jetzt beißt sie mich in die Hand, diese Schlampe. Das war zuviel. Nachdem ich ihr ein letztes mal zeige, was ein richtiger Mann ist werde ich sie lehren, daß sie das nicht mit mir machen kann. Auch sie muß einsehen, daß sie mich lieben muß, genauso wie sie alle. Die Regeln des Spieles sind ungerecht: Sie reizen mich, und wenn sie endlich haben, was sie wollen, stellen sie mich als den Bösen hin. Aber was solles, mir macht es auch Spaß.

Jetzt bewegt sich die Alte wieder, ganz vorsichtig, fast zärtlich! Aber ich kann sie nicht ungeschoren davonkommen lassen nach ihrem Benehmen. Ich fürchte fast, ich muß ihr das Leben nehmen. Ich tue das ungern, aber was verdient so eine billige Nutte schon anderes? Und der Verlust für die Menschheit ist sicher zu verschmerzen...

Ich nehme meine Hände erst von ihrem Hals, als sie schon lange nicht mehr atmet. Wie ich sie so liegen sehe, fühle ich mich angenehm ruhig, ich habe Gutes getan. Und sie hat sich kaum gewehrt.

Morgen werden all die Heuchler und naiven Trotteln wieder ihre Finger wundschreiben und sich den Mund fusselig reden über die Bestie, das Sexmonster das wieder zugeschlagen hat. Und daß die Polizei im Dunkeln tappt und Mithilfe der Bevölkerung und und und...

Aber daß ich ihr nur gab, was sie wollte, weiß niemand. Und dafür, daß ich sie alle befreit habe von ihr bedankt sich niemand bei mir. Sie alle sollten mich lieben dafür, sie müssen mich lieben!

Hänge ich am Leben oder hängt das Leben an mir?
Oder hält uns der Zufall zusammen?

Dort sitzt er. Hinter mir, auf einer Bank, hört mir zu und beobachtet mich aus den Augenwinkeln. Doch er schaut mich nicht an, nur der Flöte hört er zu. Und er hat mir noch nicht vergeben.
Oft kam er vorbei, als ich spielte. Zerlumpt und immer mit den selben abgetragenen warmen Kleidern.
Und eines Tages kam ich vorbei, als er auf einer Bank in der Sonne saß."Darf ich?", fragte ich und saß bereits. Er sah scheu von seinem Buch auf und fragte "Warum?". "Weil es die einzige Bank in der Sonne ist", sagte ich fröhlich, nahm mein Tagebuch und begann zu schreiben. Nach einer Minute nervösen Blätterns in seinem Buch stand er auf und ging.
Und er hat mir noch nicht vergeben, daß ich ihm die einzige Bank in der Sonne gestohlen habe.

Der Ton macht die Musik.
Aber ich mag keine Leute die singen, wenn sie sprechen sollen.

Dani war 16 Jahre alt, als er seine Mutter verließ. Er konnte es nicht mehr ertragen, die einige Zielscheibe für ihre hysterischen Ausbrüche zu sein. Per Autostop fuhr er von Berlin nach Amsterdam. Als er dort ankam, hatte er DM 120.- in der Tasche. Er lungerte in Cafehäusern herum, bis er ein paar Leute kennenlernte, die ihn auf eine Party einluden. Dort war es das erste mal in seinem Leben, daß er mit Drogen in Berührung kam. Und es gefiel ihm.
Als seine Mutter ihn drei Jahre später auf dem Foto des Polizeilabors identifizieren mußte, wurde ihr schlecht. Dani starb an einer Überdosis Heroin, die ihm ein Homosexueller auf einer Herrentoilette für Danięs Hintern gab.
Die Überdosis hat Dani befreit.

Vor langer Zeit, noch bevor die Männer angefangen hatten Tage zu zählen, lebten die Menschen noch ein gutes Leben. Streit war unbekannt, Staaten, Geld, Richter und Reizwäsche waren noch nicht erfunden und auch gab es weder Sklaven noch Sklaventreiber. Da kam ein Gott auf diese Welt und sah, was auf ihr gewachsen war. Es gefiel ihm hier, und in der Tat war hier ein Paradies für einen Gott. Dieser Gott wurde auf der Welt glücklich, wie es noch andere Götter nach ihm werden sollten.

Er lehrte die Menschen, Sklaven zu sein und dabei gleichzeitig Sklaven zu halten. Und ihn anzubeten.

Die ihn anbeteten, fingen an, einen Schatten mit sich herumzutragen, und allen Tieren in seinem Reich, der Welt, klebte er einen Schatten unter den Bauch, und alle Wälder, Steine und Dinge bekamen einen Schatten.

Nur einen gab es auf der Welt, den er nicht anrühren konnte, um ihm einen Schatten an die Fußsohlen zu hängen. Doch da die Überheblichkeit Dummheit anlockt, wie das Licht die Fliegen, wollte der Gott auch noch dem Tod einen Schatten geben.

Doch dieser öffnete nur lächelnd seine Arme, küßte den Gott zärtlich auf die Wange und legte dann den leblosen Körper leise auf den Boden, wo seine Diener ihn bald fanden.

Und sie wußten, sollte der Tod je kommen, um sie zu holen, so würde er keinen Schatten mit sich tragen.

Es war der zweite Juli 1951, als die drei Freunde voller Übermut einen schönen, grauen Kieselstein in die Steinschleuder legten. Franz spannte, zielte sorgfältig, und das Fenster im ersten Stock des Schulgebäudes zerbarst mit lautem Klirren.
Sein Ohr lief schon rot an, als der Schulmeister, der Johanns Ohr festhielt, die Frage wiederholte:"Wer waren die anderen beiden?". Er hatte die drei noch um die Ecke laufen sehen, doch nur Johanns rotes Hemd konnte er erkennen. Trotz der Schmerzen war Johann fest entschlossen, seine "Kriegskameraden" nicht zu verraten. Wie in den Büchern, in denen er jeden Tag zeitig in der früh las. Nach einigen Mühen gab der Schulmeister auf, schrieb einen Brief an Johanns Vater und spannte den Jungen bei der Gartenarbeit im Schulhof ein.
Als sich Johann gerade im Tomatenbeet zu schaffen machte, traf ihn von hinten ein Erdklumpen zwischen den Schultern. Er sah seine "Kriegskameraden" wie sie sich hämisch grinsend "Schaut euch den Tomatenbauer an!" zuriefen und dann lachend davonliefen.
Es war der zweite Juli 1951, als wieder einmal ein Stück von einem Kind starb und eine Narbe eines Erwachsenen wuchs.

## Erzählung einer erfundenen Frau, die den Mann, der sie vergewaltigt hatte, heiratet

Da ist er wieder! Sein Blick ist heute verschlossen, doch ich spüre, daß er wegen mir im Park ist. Eigenartig, wie er in sich gekehrt dahinschreitet und doch scheint ihn nichts anderes zu interessieren als ich. Ich kann nicht sagen warum, aber er macht mir Angst.

Ich hebe meinen Rocksaum etwas an, um schneller gehen zu können, fortgehen und meine Gedanken zu sammeln, mich beruhigen.

Dort oben auf dem Hügel werde ich die Ruhe finden, niemand kann mich sehen von dort, und auch ich kann niemanden sehen durch die Büsche.

"Entschuldigen Sie- " erschrocken fahre ich herum, da steht er, mit schüchtern ernstem und doch entschlossenen Blick, er sieht mich an und sagt noch einmal murmelnd"Entschuldigen Sie"und kommt auf mich zu.

Ohne zu wissen, was er von mir will, stehen mir alle Haare zu Berge, ich höre mich schreien und bevor ich irgendetwas tun kann hat er seine Hände um meinen Mund gelegt, seine Augen zeigen ein Glitzern, ein Funkeln von Kraft und doch die Unsicherheit eines Kindes das lernt, einen eigenen Willen zu haben. Alles in mir wehrt sich, feurige Ringe drehen sich in meinem Kopf, Stromstöße hämmern in meinem Gehirn, mein Körper brennt. Ich spüre wie sich sein Gesicht in meine Brust gräbt und ich spüre wie er in mich eindringt, mit Gewalt, soweit, daß ich sterben muß, er füllt mich aus bis in die Spitzen meiner Finger. Alles was ich noch fühlen kann ist Ohnmacht.

Er reißt brutal an meinen Haaren, als er plötzlich erstarrt, sein Körper zuckt in kurzen unregelmäßigen Stößen und entsetzt starrt er mich an, starrt durch

mich hindurch in meine Seele und ich merke erst jetzt, daß ich ihn still weinend umklammert halte, meine Handflächen wollen seinen Kopf wieder gegen mich drücken, meine nassen Augen wollen in seinen Händen liegen und doch spüre ich diese tiefe Angst in mir.
Aber es ist die Angst, daß er mich jetzt einfach hier liegen lassen könnte, nicht Angst vor ihm.
Er ist nicht wesentlich größer als ich, und auch nicht viel stärker und doch konnte ich mich nicht wehren, doch war ich ihm unterlegen - und nun wurde auch ihm bewußt, was er da eigentlich getan hatte. Noch auf mir liegend, begann er zu strampeln und mit den Armen um sich zu schlagen, um sich aus meiner Umarmung zu befreien und zu fliehen - vor sich und mir davonlaufen, doch ich hielt ihn, ich drückte ihn an mich, ich bat, ich bettelte ihn, zu bleiben, ich weinte- bis er innehielt, erstaunt innehielt, mich ansah und dann mein Gesicht zärtlich an seine Brust drückte.
Noch oft hat er zärtlich mein Gesicht an seine Brust gedrückt, und oft habe ich dabei leise und heimlich geseufzt, in Sehnsucht die Stärke der Hand zu spüren, die mich so zärtlich liebkost.

Ich liebe dich, und du erstickst mich.
Mit deinem liebenden Blick beschämst du mich.
Und mit deiner Zärtlichkeit quälst du mich.
Ich frage dich ob du mich liebst,
Und mit deinem Ja zerquetscht du mich.
Laß mich frei, ich liebe dich.
Geh weg und komm nie wieder.

Das Leben ist ein Teil des Sterbens. Ich bin auf der Suche nach Perfektion. Das Abtasten der Extreme, soweit zum Abgrund gehen, bis ein Fuß darüber schwebt und so weit auf den Gipfel steigen, daß jeder weitere Schritt ins Leere tritt. Sobald ich erreicht habe, daß ich sage “So möchte ich leben” weiß ich, daß ich tot bin.

I'm too much of a genius to be simple. But i'm too simple to be much of a genius.
Now, does that make me simply a genius, a simple genius or just an idiot playing with the words simple and genius without knowing that it takes a genius to be simple?

Der größte Feind des Gedächtnisses ist die Logik.
Unser übereifriges Gehirn versucht alles logisch zu erklären und ergänzt und reduziert deswegen Fakten, die nicht ins Bild passen.
Unlogisch, oder?

Dort unten schwimmt er, langsam und groß, mit einem reißendem Gebiß. Und er ist blitzschnell, wenn er will. Er kennt mich, und er weiß, daß ich mich vor ihm fürchte. Um die ganze Welt herum zieht der Hai mit mir. Jeden Moment kann er mich zerreißen, doch er will mich nicht fressen, er will mich ängstigen. Doch jederzeit kann er seine Meinung ändern. Und damit macht er mir Angst.

Er macht mich glauben, durch leises Schwimmen könnte ich seine scharfen Sinne täuschen, oder ich könnte ihm davonschwimmen, wenn ich Angst habe. Doch ich kann ihn nicht überlisten, er weiß alles, was ich weiß, denn er lebt im gleichen Meer der Fantasie wie meine Gedanken.

Die Menschen, die mit starken Harpunen Haie im Meer jagen tun das, weil sie zu schwach sind den Hai, der in ihren Köpfen gezüchtet wurde und der dort alles zerfetzt sobald er in die Nähe des Meeres kommt, mit ihren Gedanken zu töten.

So tötet der unsterbliche Hai im Kopf die sterblichen Haie im Meer.

Habe meinen Fernseher zerschlagen, aus Wut
darüber, daß John Wayne besser reiten kann als ich.
Nachdem ich jetzt zweimal vom Pferd gefallen bin,
kaufte ich mir einen neuen Fernseher, um ihm
abzuschauen, wie er das macht.
Alter Indianertrick.

Vor vielen, vielen Jahren lebte ein Herrscher, wie noch so viele nach ihm leben sollten. Doch dieser Herrscher war ein besonderer, denn er war der erste, den die Menschen je hatten. Keine Sklaven und keine Herren gab es vor seiner Zeit. Wenn ein Mann etwas von einem anderen wollte, so bat er darum. Bis ein Mann das Prinzip der Macht erkannte, und dieses Wissen uneingeschränkt ausnutzte, so wie es auch die Herrscher nach ihm taten. Er war der Herr aller Menschen, weil außer ihm niemand um den Zauber der Macht wußte. Und er erdachte sich alle möglichen Dummheiten, um seine Macht zu demonstrieren. Als Zeichen der Ehrdarbietung mußte jeder Mensch, jedes Ding und jedes Tier einen Schatten haben, den er mit seiner Zauberkraft über die ganze Welt verteilt hatte. Etwas, das wir heute noch mit uns herumtragen müssen. Der einzige, der diesem Herrscher widerstehen konnte, und bis heute der einzige der den Schatten nicht tragen muß, war der Tod.
Er stahl dem Herrscher seine Untertanen, wie er es seit aller Ewigkeit getan hatte. Mit viel List und Trick wußte der Herrscher zwar dem Tod immer wieder aus seinen sanften Krallen zu entkommen, doch wußte er, daß es nur eine Frage der Zeit war, bis auch er sterben würde.
Stolz, wie der Herrscher war, wollte er sein Lebenswerk, die Macht, nicht einfach vergessen lassen werden, doch wußte er auch keinen Menschen, dem er seine ganze Macht in den Schoß legen wollte. Als er alt und müde geworden war, erklomm er den höchsten Berg, den er kannte, und mit furchtbarer Kraft, die er für diesen Augenblick gesammelt hatte, nahm er all seine Macht und schleuderte sie über die ganze Welt verteilt hinaus.
In diesem Augenblick sank er dem lächelnden Tod in die Arme.

Da dieser hinter dem Herrscher gestanden hatte, war er der einzige, der von der Macht nicht getroffen wurde. So ist er bis heute der einzige, der sich um das Machtstreben der "Schattenwesen" nicht kümmert und unbeirrt seinen Weg geht.
Nur manchmal denkt er darüber nach, was wohl passiert wäre, wenn er nicht hinter dem Herrscher gestanden hätte.

Als er geboren wurde erschien seiner Mutter eine Fee und gewährte seiner Mutter einen Wunsch für ihren Sohn. “Was auch immer geschieht, er soll glücklich sein!”. Das war der weise Wunsch der Mutter für ihren Sohn.

Er wurde älter und war glücklich, als die Blumen seiner sorglosen Kindheit blühten. Er hatte viele Freunde, weil er immer so unbeschwert glücklich war.

Wenn etwas passierte, lächelte er still und meinte, es wäre schon nicht so schlimm. Als er dann in der Schule war, kam es dann manchmal vor, daß ihn der Lehrer schimpfte, so wie alle anderen auch, aber da es ihm nichts auszumachen schien, strafte ihn der Lehrer immer viel strenger als alle anderen. Aber der Junge blieb glücklich.

Es gab mehrere solche oder ähnliche Vorfälle, wo die Leute meinten, es wäre schon sonderbar daß der Junge einfach unverdrießlich war, und sie begannen ihm Dinge absichtlich anzutun. Aber das alles kümmerte ihn nicht und die Leute fingen an, ihn zu meiden.

Aber zu Hause lebte er sehr zufrieden. Als sein Vater starb, ging er lächelnd hinter dem Sarg her, stützte seine weinende Mutter und dachte daran, wie gut es seinem Vater im Himmel ginge und daß er sich freute, wenn er von seiner Wolke aus sah, daß sein Sohn nicht um ihn weinte.

Von da an meinten die Leute, er wäre mit dem Bösen im Bunde und als ein Jahr später seine Mutter starb, war es nicht viel anders. Er wunderte sich zwar, daß niemand auf das Begräbnis seiner Mutter kam und sich auch der Pfarrer anfangs sträubte, seine geliebte Mutter beizusetzen, doch konnte es ihn nicht betrüben.

Er blickte zum Himmel und lächelte seinen Eltern zu.

Im Dorf hatten sich allerdings die Leute versammelt und beschlossen, was nun zu tun sei, jetzt, da sie

einen Bösen bei sich hatten.
Als sie ihn im Morgengrauen aus seinem Bett zehrten, wußte er nicht, wie ihm geschah.
Auf den Scheiterhaufen wurde er gebunden und verbrannte leise lächelnd, in Erwartung seiner Eltern, zu denen er jetzt in den Himmel durfte.
Und verkrampft grinsten auch die Dorfbewohner, im Bewußtsein, gottgefällig gehandelt zu haben.

Ich stehe auf der Straße und spiele meine Flöte. Die Leute kümmern sich nicht darum. Kinder kommen vorbei und pfeifen - ich spiele schöner, inniger. Eine brennende Zigarette fällt in meinen Hut- ich spiele so schön ich kann. Nach zwei Stunden gebe ich auf. Ich gehe die Straße entlang und lächle manche Menschen an und bekomme als Dank dafür einen grimmigen Blick.
Als ich einem Buben den Schnuller aufheben will, faucht mich die Mutter an- ich entschuldige mich. Ich frage ein junges Paar nach der Zeit, und der Mann meint trocken, es wäre Zeit mir eine Uhr zu kaufen.
Als die alte Frau freundlich meint, heute wäre ein schöner Tag war ich ganz überrascht, als meine Faust ihren Kiefer zertrümmerte.

Laufen. Ich muß laufen, wie immer wenn die Menschen mich kennenlernen, denkt er.
Ich war nur drei Wochen hier, aber der Platz ist zu klein für mich. Die Leute kennen mich bereits, denkt er.
Immer noch ist er hier, denken sie.
Am Anfang war alles so gut. Ihm gefiel der Platz, der Traum von Heimat kam wieder auf in ihm. Und den Leuten gefiel er auch. Bis sie sich dachten, daß er ja ein reisender Vagabund ist. Das ist gut so, aber ein reisender Vagabund muß reisen, warum ist er noch hier? Und sie erdrücken ihn mit dem Gedanken:"Warum ist er noch hier? Was will er?"
Als er fährt, hat er wieder ein Stück Welt kennegelernt und ein Stück Heimat verloren.
Wie lange wird er noch suchen, bevor er aufgibt?

Sein Kopf ist leer, und doch so schwer. Warum, das weiß er nicht, doch er hat auch keine Kraft, sich den Kopf darüber zu zerbrechen. Viel hat er gesehen, und viel gelebt, doch statt Weisheit erlangte er Leere. Er sah die schönsten Blumen auf den Wiesen blühen, und doch mußte er lernen daß sie nur auf den Leichen anderer Blumen wachsen können. Er sah und bewunderte die Schönheit und das sanfte Spiel der Löwen, und doch mußte er lernen, daß sie ihre Kraft nur durch töten erlangen. Er spürte Liebe, wie sie ihm einzigartig und immerwährend schien, und doch mußte er zusehen, wie sie ihm zwischen den Fingern zerrann. Er hatte Freunde, die ihm ebenso treu waren wie er ihnen, und doch sah er sie sterben. Er sah, welche Wunder Menschen vollbringen konnten und doch mußte er mitansehen wie sie diese wieder brutal zerschlugen. Er lernte, daß alles schöne seine schwarze Seite hat, und er sah sie so oft, daß er sich das Licht nicht mehr ohne Schatten vorstellen konnte.
Als ich ihn so dasitzen sah, mit traurigem und verwundbarem Blick, fragte ich ihn, was er mich lehren könne nach allem was er gesehen hat.
Er sah mich eine Weile unwillig an, und dann sagte er ernst: "Lebe, aber öffne nie die Augen!"
Dann kehrte er seinen Blick wieder nach innen, um nicht nach außen sehen zu müssen.

Als Lieschen Tom erblickte, freute sie sich, endlich den Mörder ihrer Eltern gefunden zu haben.
Lachend nahm sie die Pistole aus ihrer Handtasche und schoß ihm ins rechte Auge.
Dann stieg sie in die Straßenbahn und dachte daran, welch schöne Stadt Wien doch war.

Fritz McKansey, der nur so hieß weil sein Vater kein Bayer war, so wie der Fritz, starb am 19. Februar 1951, als sein Elternhaus mit dem Wirtschaftsgebäude und dem Stall abbrannte. Er hatte mit Knallkörpern, die ihm sein Vater geschenkt hatte, gespielt und das hat ihm sein Leben gekostet.
Die Gebäude waren versichert, ebenso wie das Leben des Kindes.
17 Jahre, nachdem die Versicherungen Paul McKansey reich gemacht hatten, beichtete er am Sterbebett die Sache mit den präparierten Knallkörpern.
Er starb reich, nach einem bunten Leben, und der Priester, dem er gebeichtet hatte, ist seit letztem Jahr Bischof.
Ein glücklicher Bischof.

Der Mensch ist Haut, die Fleisch zusammenhält.
Er ist ekelhaft.

Der Mensch wird bewegt durch ein exaktes Spiel
seiner Muskeln.
Er ist kompliziert.

Der Mensch denkt, ohne zu handeln.
Er ist nutzlos.

Der Mensch erdenkt, ohne zu kennen.
Er ist kreativ.

Der Mensch stirbt und verwandelt sich zu Dreck.
Er ist schwach.

Der Mensch lebt, ohne zu wissen warum.
Er ist stark.

Der Mensch zerstört sich selbst.
Er ist wunderbar.

Ich bin weder zu pazifistisch um zu einer Waffe zu greifen noch zu feige um zu kämpfen.
Trotzdem weigere ich mich, Militärdienst in jeglicher Form zu leisten. Ich schütze meine Heimat nicht, indem ich sie zerbombe und genausowenig schütze ich meine Freunde und meine Familie, indem ich zusammen mit ihnen in den Schützengraben springe und auf Menschen schieße, die einen Krieg genausowenig wollen wie ich.
Systeme machen Krieg, nicht Menschen.
Ich weigere mich, diese Systeme zu unterstützen.

‘Kaputte Menschen, verfallene Häuser, die Armut hat alles ehemals prunkvolle von innen heraus zerfressen. Wie eine Made, dumm und gefräßig ist die Armut, dachte ich mir, als mich die Stimme aus meinen dunklen Gedanken riß: ”Sie haben aber hübsche Augen! Ich frage mich, wie die Welt wohl aussehen mag, wenn man sie durch so hübsche Augen betrachten kann. Macht es sie schöner oder trübt es ihren Glanz? Was meinen Sie?” Ärgerlich, so abrupt aus meiner Melancholie gerissen worden zu sein blase ich nur verächtlich durch die Nase und sehe das Mädchen mit dem Bubengesicht aus den Augenwinkeln an.. “Schade”, sagte sie lächelnd “daß so viele hübsche Menschen verächtlich werden, wenn man ihnen sagt, daß sie hübsch sind. Also, was sagen sie, trübt oder schmückt ein schönes Auge den Blick?”
“Sie sind hartnäckig!” - “Sagen Siees”
“unnachgiebig” - “Ich will es wissen”
und ich schreie schon fast “unbarmherzig!”
Zärtlich legt sie ihre Arme um mich, drückt meinen Kopf mit den tränenden Augen an ihren Hals. Leise sagt sie:”Durch ihre Augen kann man ihre Seele sehen. Sie sind so zerbrechlich. Und sie haben doch so viel Kraft um existieren zu können. Von Leben kann ja keine Rede sein. Ich würde sie so gerne für immer festhalten, an mich drücken und beschützen. Es ist doch zu traurig, daß das nicht möglich ist.”
Ich fühlte einen kurzen Kuß auf meinem Auge, und bevor ich mich versah war das Mädchen mit dem warmen, weichen Hals im Menschengetümmel der Straße untergetaucht.’

Als ich den blinden Bettler so dasitzen sah, diese Worte für sich murmelnd, erschienen mir die Narben, die seine Augen verunstalteten noch viel häßlicher.
Er packte mich hart am Arm, als ich immer wieder

stammelte:"Wie konnten sie das nur tun? Wie konnten sie das nur tun?"

“Darf ich?- Ich meine, es ist eng, ist noch Platz für mich da?- Ja, ja, also abwärts! Naja,- Ich meine, nein, nein, eilig habe ich es nicht. Macht mir überhaupt nichts aus. Wie meinen sie? Ja, 13. Stock, nein, ich muß aufwärts, aber irgendwann wird es schon wieder aufwärts gehen, nein, nein, wie gesagt, ah- da ist er schon, der 13. War nett.”
(Steigt aus dem Lift, atmet tief durch und schaut auf das Schlüsselloch seiner Wohnungstür)

Die Augen dieser beiden Menschen drückten ihre Verzweiflung auf so verschiedene Art aus, daß ich eher verwundert war als geängstigt. Wie ich sie so vor der Hoteltüre stehen sah, wußte ich, daß es die Eltern des Jungen sein würden. Sie haben mein Auto also doch gesehen. Ja, vielleicht war ich etwas zu zornig, als ich den Jungen im Kofferraum meines Autos herumstöbern sah. Aber er ist selber schuld. Auch wenn er mich mit noch so großen Augen anstarrte, als das schwere Gelenk meines Wagenhebers ihn mit einem dumpfen Laut am Kopf traf, er ist ein Verbrecher. Klein und schmutzig, so sah ich ihn stehen am aufgebrochenen Wagen. Ein schmuddeliger kleiner Türke der, wenn er überhaupt erwachsen geworden wäre, ein Verbrecher geblieben wäre. Ich hatte keine allzugroßen Schuldgefühle, als ich ihn mit eingeschlagener Schädeldecke vor mir im Dreck liegen sah. Da ich nicht glaubte, daß mich irgendwer im Hof gesehen hat, fuhr ich schnell weg. Aber jetzt standen sie vor meiner Tür. Ich hatte keine Zeit mir zu überlegen, wie die zwei mir durch halb Istanbul folgen konnten, aber ich trat zur Seite um ihnen Platz zum Eintreten zu machen. Dabei fielen mir wieder ihre Augen auf. Seine Augen zeigten milden Zorn für den sein ausdrucksvolles, scharf geschnittenes Gesicht wie ein edler Rahmen zu einem edlen Bild paßte. Seine Frau dagegen spiegelte ein Entsetzen wider, wie ich es von Bettlerinnen kenne- aber ihre Augen waren stärker, vielleicht ehrlicher. Und da stand wie mit Buchstaben auf ihrem Gesicht dieses Warum. Warum hast du meinen Sohn ermordet, warum? Schon wollte ich mich verteidigen, ihr sagen es wäre nicht Mord, es wäre ein Unfall- oder Selbstverteidigung, als mir einfiel, daß ich ja gar nicht wußte, was sie von mir wollten. Sie könnten auch mich erschlagen, oder zur Polizei bringen. Oder sie konnten mich erpressen. Als

ich an letzteres dachte, fühlte ich mich schon wohler. Zwar war ich hier der Fremde, der Ausländer, aber das Geld, ja das liebe Geld das hatte auch hier ich. Das straffte mein Kreuz wieder etwas. Schroff fragte ich, was sie wollten und wer sie seien. Der Mann sagte in fließendem Deutsch:" Du hast meinen Sohn erschlagen." Die Festigkeit, mit der er das sagt, und die harte Ausdrucksform jagten mir wieder einen Schauer über den Rücken. Die Frau sagte ganz leise:"Er war ein guter Junge". Ich dachte mir, ein guter Dieb. Sie sagte:"Er liebte seine Familie." Ich dachte eine Schlange mit zwei Gesichtern. Ich sagte zu dem Mann:"Er hat mein Auto aufgebrochen und wollte mich angreifen. Ich war gerade dabei, die Polizei anzurufen." Obwohl ich selber die Lächerlichkeit in dem Satz "Er wollte mich angreifen" spürte, sah ich ein leichtes Zucken in seinem Gesicht, als ich die Polizei erwähnte. Jetzt fühlte ich mich sicherer und fuhr fort:"Er hat sicher mit seinen Diebestouren auch die Familie ernährt!" Ihre Gesichter wurden schon etwas hängender, als ich fortfuhr über den Lebenswandel des toten Kindes zu sprechen, ohne es gekannt zu haben. Als ich ihnen dann noch eine beträchtliche Summe bot, sozusagen als Ersatz für eine Familieneinnahmequelle, da sahen sie betroffen zu Boden, er beschämt und sie als wollte sie sagen:"Du bezahlst mir Fleisch, das aus meinem Körper gerissen wurde und das ich jahrelang umsorgt habe." Jetzt wird es verfaulen, dachte ich.
Keiner der beiden sagte ein Wort des Protestes, als ich ihnen ein Bündel Banknoten in die Hand drückte und sie aus meiner Tür schob.
Das ging ja alles ganz flott, dachte ich, aber es war ein teurer Spaß. Das nächste mal muß ich vorsichtiger sein, daß mich niemand sieht, wenn ich in der Nähe des aufgebrochenen Wagens auf eine gute

Gelegenheit warte.

Der junge Mann mit der goldbraunen Haut und dem langen schwarzen Haar sitzt ganz erfüllt von seiner Musik an der Straße, seine langen schlanken Finger gleiten geschmeidig die Tasten seines Akkordeons auf und nieder, und er wiegt seinen Körper im Takt der Musik. Einer der Männer, die in der Gruppe vorübergehen, grölt: "Gehę hackln, du Tschusch!", und lachend geht die Gruppe weiter.
Nur ein kleines Mädchen sieht die Träne auf der Wange des Straßenmusikanten, während er eine langsame, eigenartige Melodie spielt.
Am nächsten Tag atestierte der Gerichtsmediziner an Anton Ponegger: Tot durch Ersticken.
Er hat sich an einer Münze verschluckt.

Die Sterne sind Löcher in der Decke die der Staat in der Nacht über das Land legt um die Sonne zu verstecken und sich mit seinen Kraftwerken dumm und dämlich am eigenen Geld zu verdienen.
Fies, was?

Der Morgen ist so grau, denkt sie.

Der Morgen ist so schön, sagt er.

Was tue ich hier, denkt sie?

Schön, daß du da bist, sagt er.

Du bist so ekelhaft, denkt sie.

Ich liebe dich, sagt er.

Ist es nicht eigenartig, daß ich hier inmitten all dieser Menschen allein sein kann? Sie stören mich weniger als meine Nachbarn! Vielleicht habe ich mich in den Menschen getäuscht, vielleicht ist doch etwas Gutes an ihnen. Vielleicht versäume ich sogar etwas in meinem Leben - meinem Leben, im wahrsten Sinne des Wortes. Nein, ich glaube, aber auf der anderen Seite könnte ich - ich werde heute mit jemandem sprechen, irgend jemand. Auf der Straße oder sonst wo. Jetzt, dieser Herr schaut mich an-nichts, er ist schon vorbei. Vielleicht wollte er mit mir sprechen, vielleicht hat auch er seit Wochen mit niemanden anderen außer sich selbst eine Silbe gesprochen. Im Pub ist es immer leicht, mit jemandem ein paar Worte zu wechseln. Ein paar Worte nur, aber diese Worte zeigen mir, daß ich einer von ihnen bin. Ihnen - wer sind sie eigentlich? Vielleicht sind sie gar nicht so anders als ich, vielleicht können sie mich verstehen? Aber sie konnten es nie. Sie wollten es wahrscheinlich auch gar nicht. Ich dagegen verstehe sie sehr gut. Nur zu gut kenne ich ihre einfachen Gemüter- aber ich werde mit ihnen sprechen.
Im Pub bestelle ich mir ein Bier und bemerke wie zufällig, wie alltäglich, daß sich das Pub in den letzten 20 Jahren kaum verändert hat. Der Mann neben mir schaut mich an, lächelt kurz und verschwindet mit seinem Bier. Ich spüre die Wallungen der Aufregung in mir, ich habe mit ihm gesprochen, ihm etwas gesagt! Plötzlich fühle ich mich etwas unsicher: Habe ich vielleicht etwas dummes gesagt, oder war es langweilig? Was denkt der Typ jetzt von mir? Spricht er mit jemanden hinter meinem Rücken über mich? Ich hätte nichts sagen sollen! Diese Menschen verstehen ohnehin nicht, was ich sagen will. Ich spüre wie sie mich alle anstarren, weil ich keiner von ihnen bin. Sie wollen es mich spüren lassen. Rasch trinke ich aus

und gehe hinaus auf die Straße, ohne übermäßige Eile aber doch zügig. Sechs Wochen habe ich kein Wort mit ihnen gesprochen, sechs Wochen lag es mir auf der Zunge und ich bin wütend und beschämt, daß ich nicht weitere sechs Wochen gewartet habe, das Wort auszusprechen.
Aber das nächste mal, wenn ich mit jemandem spreche, wird alles besser, anders!
Während ich die St. James Street entlang gehe, sehe ich die Menschen an, schaue ihnen in die Augen. In ihren Augen sehe ich die Neugier, ihren Wunsch mit mir zu sprechen.
Aber ich lasse sie mit all ihren Unsicherheiten mir gegenüber hängen, ich weide mich darin, ich bin jetzt wieder stark.
Mein Schweigen macht mich stark.

Die weiße Taube flog und sah sich den Fluß von oben an. Sie genoß den Ausblick und beobachtete einen Fischer etwas flußaufwärts. Dann setzte sie sich auf einen Ast und putzte sich sorgfältig.
Als sie sich später in einem Vogelnetz verfing schmerzte die Panik in ihren Gliedern und ihr Körper zuckte unter den Stromschlägen der Angst.
Am nächsten Morgen kam der Vogelfänger vorbei, für ihn war die Taube wertlos und er ließ sie frei.
Frei- das dachte er. Doch nie wieder konnte die Taube ihren Flug genießen ohne Angst zu haben. Und sie konnte nicht auf einem Ast sitzen ohne ihren kleinen Kopf ängstlich nach allen Richtungen zu drehen.
Die Flügel zum Fliegen ließ der Vogelfänger der Taube, die Flügel der Freiheit hat er ihr ausgerissen.

Tatsache ist, daß auch sie nur Fiktion ist.
Ist jetzt die Tatsache, daß die Tatsache eine Tatsache
ist Fiktion und die Tatsache eine Fiktion?
Oder ist es Fiktion, daß die Tatsache eine Fiktion ist
und deshalb die Tatsache eine Tatsache?
Die Fiktion ist nur eine Fiktion und daher alles
Tatsache.

Langsam öffnete sich die Tür in der Wand. Er hatte sie nie bewußt wahrgenommen. Seit zwei Tagen wohnt er in dem Haus mit all den jungen Leuten, die ihm freundlich für ein paar Tage ein Dach über dem Kopf angeboten haben.
Langsam sind sie alle zu Bett gegangen und er saß allein im Wohnzimmer, mit Kerzenlicht und Direstraits am Plattenteller, als sich die Tür knarrend öffnete. Die nackte Frau war wunderschön, sie trat aus dem kleinen Raum und schritt langsam und unsicher auf ihn zu.
Als sie ihn liebte, glaubte er zu träumen, jede ihrer Bewegungen nahm er nur wie in Trance wahr und als ihre Zähne seine Kehle umfaßten und langsam zubissen, verspürte er keinen Schmerz. Er fühlte sein warmes Blut seinen Hals hinunterlaufen und ihm wurde wohlig warm. Er wurde müde und schlief ein.
Die jungen Leute vermißten ihn nicht am nächsten Tag, sie dachten er wäre weitergezogen.
Und niemand hat jemals erfahren, wie glücklich er starb.

Ich frag' was, er sagt nix.
Sie sagt was, ich frag' nix.
Er sagt was, ich versteh' nix.
Scheiße.

Ich halte einen Mann im Arm. Er ist so schmutzig, wie das Autowrack, aus dem ich ihn gezogen habe. Die Ambulanz ist schon unterwegs. Jetzt macht er die Augen auf. Überraschte Augen. Wahrscheinlich der Schock. Muß es ja sein. Ein Pfahlstück steckt noch in seinem Bauch. Aber er scheint keine Schmerzen zu haben. Sein Blut rinnt über meine Hose.Als ich noch überlege, ob seine Haftpflichtversicherung auch für meine Wäscherei aufkommt, fragt er mich, ob ich verheiratet wäre. Ich- ob ich verheiratet wäre! Als ob der keine anderen Sorgen hätte. "Ja", sagte ich. Immerhin sieht man ja nicht jeden Tag einen PKW gegen einen Baum fliegen. Er grinst und erzählt mir, daß er zwei Kinder hätte. Und ich muß ins Büro. Wann kommt denn endlich die Rettung? Er sagt, er würde gerne seine Kinder sehen, bevor er stirbt. Offensichtlich stand er noch unter Schock. Ich war zu genervt vom Büro für diese Scheiße. Ich fauchte ihn an, sich nicht so wichtig zu machen, wegen so einer Fleischwunde stirbt man nicht so schnell. Ich war zwar davon auch nicht überzeugt, aber ich mußte ihm doch irgend etwas sagen, bis die Rettung kommt. Meine Reaktion ließ ihn kalt. Er meinte noch, er hätte keine Angst vor dem Sterben, und ich sollte noch mit seiner Frau sprechen. Der Mann hält mich wohl für einen Priester!

Als ich mir eine Zigarette anzünden wollte, hörte ich die Sirenen der Ambulanz. Der Mann schaute mich an, lächelte und starb. Der warme Körper schaute mich noch an, ich spürte wie seine Pisse an mir herunter rann. Als die Ärzte ihn weggebracht hatten, kotzte ich mich an.

Ins Büro ging ich nicht mehr.

Die Hausmeisterin des Wohnblockes Serienstraße Nr. 37 war es, die die Feuerwehr angerufen hatte. Der Mann, der auf dem Dach stand um herunter zu springen hat sie erst bemerkt, als die Feuerwehrleute das Sprungtuch bereits aufgespannt hatten. Der Feuerwehrmann, der auf das Dach gekommen ist um dem Mann gut zuzureden ist oben angekommen und sagt ruhig:"Mein Name ist Simon Lukas, ich bin Feuerwehrmann. Eigentlich ist es mein Beruf, in Gefahrensituationen Menschen und Güter zu retten, doch ich glaube die Gefahr ist vorbei für sie. Warum kommen sie nicht einfach herunter von der Mauer und kommen mit mir, herunter vom Dach?"
Der Mann sah die 30 Stockwerke hinunter, dann sah er gequält zu Simon Lukas und sagte:"Ich habe niemanden um Hilfe gebeten. Warum gehen sie nicht einfach weg und lassen mich fertig machen, was ich tun wollte und woran sie und ihre Kollegen mich hindern. Ich bin nicht krankhaft depressiv, ich habe mir logisch überlegt, was ich tue. Die Welt wird nicht mehr lange überleben. Doch ich möchte ihr Ende nicht sehen, und das Ende derer, die ich kenne und das Ende derer, die ich liebe. Ich möchte nicht sehen wie die Erde aus Gier getötet wird und der Mensch aus Dummheit gepaart mit Intelligenz stirbt. Ich möchte das Feuer nicht sehen, die Glut und dann die Asche. Ich möchte die Schreie nicht hören und die Schmerzen nicht spüren."
Der Feuerwehrmann sah ihn ernst an, trat an ihn heran, nahm seine Hand und half ihm mit den Worten "Es ist sinnlos, noch zu springen" von der Mauer. Der Mann sah auf den Boden und meinte:"Sie verzögern es nur, ich werde nicht auf das Ende warten. "
30 Stockwerke tiefer rollten die Feuerwehrmänner das Sprungtuch wieder ein. Simon Lukas trat nun an die Mauer und sah nachdenklich auf das geschäftige

Getue der Straße unter ihnen.
"Auch ich möchte das Ende nicht sehen" dachte er, als er schnell auf den Grund zuraste, auf dem er dumpf aufschlug.

Die Sonne stand am Himmel wie ein Feuerball, als Johannes sich sein Bowiemesser an den Gürtel schnallte und seine Tragtasche mit Fernglas und etwas zu trinken um die Schulter hängte. Als er in den Wald kam verstummten die Geräusche der Menschen und der Atem des Waldes und seiner Bewohner umfaßten Johannes Kopf wie ein Helm.
Leise ging er immer tiefer in den Wald, sah Vögel und ein Reh, und er fühlte sich wohl. Als er eine alte Ölflasche am Boden liegen sah, verstand Johannes nicht, warum sie hier war. Und mit jeder Dose, jedem Plastiksack und jeder Flasche die er sah, wuchs ein Gefühl der Überlegenheit in ihm. Er verstand wie dumm Menschen sind, wie kurzsichtig.Und auf dem Weg aus dem Wald erschien ihm all der Abfall wie ein Teil des Waldes, ein Geschwür des Waldes, das wächst und doch ein Teil des Waldes ist.
Als er seine Coladose ausgetrunken hatte, behielt er sie in der Hand. Und als er sie in Gedanken auf einen Haufen Abfall im Wald fallen ließ, dachte er wieder an das wachsende Geschwür, doch er hob die Dose nicht auf, es waren ja ohnehin schon so viele da.
Als Johannes zu Hause sein Bowiemesser vom Gürtel schnallte und den Fernseher einschaltete, ging die Sonne am Horizont unter wie eine Orange im Wasser versinkt, um am Grund zu verfaulen.

Ich haue dir in die Schnauze, weil mir danach ist. Und wenn du dämlich genug bist, mir die andere Wange hinzuhalten, dann haue ich noch viel fester d'rauf, damit du dir's merkst.

Es ist Weihnachten, wie jedes Jahr seit fast 2000 Jahren.
Herr Bertram geht die verlassene Straße entlang und sieht den alten Bettler in der Kälte sitzen und trinken. Herr Bertram drückt dem Mann, dem er gestern noch den Hungertod gewünscht hätte, 20 Schilling in die Hand und sagt feierlich:"Fröhliche Weihnachten". Der Bettler schlürft ungestört an seinem Fusel weiter. Dann geht Herr Bertram nach Hause und gibt seinem Hund anstatt des gewöhnlichen Fußtrittes eine große Wurst und freut sich über seine Großzügigkeit. Dann ruft er seine Mutter, von der er schon seit zwei Monaten nichts gehört hatte, im Altersheim an und wünscht auch ihr ein gesegnetes Fest.
Weihnachten, das Fest der Liebe.
Und der Lüge.

Eine Hure verkauft ihren Körper. Ein Schriftsteller verkauft seine Gedanken.
Was mehr wert ist und /oder was schmutziger ist bzw. ob es überhaupt verwerflich ist, seinen Körper oder Geist zu verkaufen wie ein Landarbeiter seine Arbeitszeit, das vermag jeder für sich zu beantworten. Genauer gesagt: Jeder Betroffene. Denn die anderen geht das überhaupt nichts an.

Wenn ein Mensch schreiben will, so tut er folgendes: Er setzt sich an einen Tisch, so er einen hat, nimmt Feder und Papier zur Hand und überlegt sich, was er schreiben könnte und bringt das dann zu Papier. Sollte er sich nicht überlegen, was er schreiben will, so verschwendet er seine Zeit, falls er doch schreibt. Und die des imaginären Lesers, der ihm ja beim Schreiben immer über die Schulter schaut. Und sollte wirklich einmal jemand die Zeit finden, es zu lesen, so sollte er wenigstens im letzten Satz erfahren, daß er verarscht wurde.

# Inhaltsverzeichnis

| | |
|---|---|
| 54 | ohne Titel |
| 55 | ohne Titel |
| 56 | ohne Titel |
| 57 | Hai |
| 58 | ohne Titel |
| 59 | ohne Titel |
| 61 | Märchen |
| 63 | ohne Titel |
| 64 | ohne Titel |
| 65 | ohne Titel |
| 66 | ohne Titel |
| 67 | ohne Titel |
| 68 | Mensch |
| 69 | ohne Titel |
| 70 | ohne Titel |
| 72 | Lift |
| 73 | Mord |
| 76 | ohne Titel |
| 77 | ohne Titel |
| 78 | ohne Titel |
| 79 | ohne Titel |
| 81 | ohne Titel |
| 82 | ohne Titel |
| 83 | ohne Titel |
| 84 | ohne Titel |
| 85 | ohne Titel |
| 86 | Simon Lukas |
| 88 | ohne Titel |
| 89 | ohne Titel |
| 90 | Weihnachten |
| 91 | ohne Titel |
| 92 | ohne Titel |

Als ich mich entschlossen habe, eine Auswahl meiner Geschichten zu veröffentlichen wußte ich bald, daß ich dies ohne Verlag tun würde.
Ich wollte mein Buch von keinem Urteil abhängig machen außer dem meinen.
Aus diesem Grund wird dieses Buch wahrscheinlich kaum in Buchhandlungen zu finden sein, mit Ausnahme derer, die das Buch direkt bei mir bestellen.

Buchbestellungen können an meine unten angeführte Adresse geschickt werden.

| | |
|---|---|
| Preis/Buch: | öS 150.-- / DM 25.-- / SF 25.-- |
| Versandkosten / Buch | öS 30.-- / DM 6.-- / SF 6.-- |


Peter Lukas
PF 8
A-3804 Allentsteig
Österreich